DIEU ET FRANCE

UN NOUVEAU PRÊTRE

Sermon prononcé à la 1re Messe

De M. l'Abbé F. GUÉRARD

par

M. l'Abbé H. THUILLIER

Curé de la Neuve-Lyre

En l'Église de Romilly-sur-Andelle

Le 29 Juin 1902

MAYENNE

CH. COLIN

Imprimeur de la *Justice Sociale*

1902

D

D

85121

UN NOUVEAU PRÊTRE

Imprimatur

Ebroicis 12 Julii 1902

† *Philippus Ep. Ebroicen.*

DIEU ET FRANCE

UN NOUVEAU PRÊTRE

Sermon prononcé à la 1re Messe

De M. l'Abbé F. GUÉRARD

par

M. l'Abbé H. THUILLIER

Curé de la Neuve-Lyre

En l'Église de Romilly-sur-Andelle

Le 29 Juin 1902

MAYENNE

CH. COLIN

Imprimeur de la *Justice Sociale*

1902

« Posui vos ut eatis et fructum afferatis et fructus vester
maneat.

« Je vous ai placés pour que vous alliez et pour
que vous portiez du fruit, et pour que votre fruit
demeure. »

Ces paroles sont de N.-S.-J.-C. dans l'Evangile
de St-Jean, chapitre XV.

Mes Frères,

« Qu'êtes-vous venus voir ici ? Un roseau agité par le vent ?... Mais, qu'êtes-vous venus voir ici ? Un homme habillé de pourpre ? Ceux qui s'habillent de pourpre demeurent dans le palais des rois. Mais, qu'êtes-vous donc venus voir ici ? Un Prophète ?

« Je vous le dis (1) », un homme aussi mystérieux qu'un prophète : UN NOUVEAU PRÊTRE.

Sans doute, à Romilly, vous aimez rehausser de votre présence les solennités religieuses. Sans doute, aujourd'hui, votre affluence est encore accrue par votre sympathie pour le jeune prêtre qui va célébrer la messe, par votre estime pour sa famille, par le plaisir bien naturel de voir un enfant du pays lever vers Dieu l'Hostie Sainte et le Calice de bénédiction pour le pays.

Mais, n'est-il pas vrai, mes frères ? Vous êtes aussi attirés par le mystère que renferment ces deux mots : UN NOUVEAU PRÊTRE.

Un nouveau Prêtre ! — Il y a donc encore de nouveaux prêtres ?

On admire sur la route de Fresne l'Archevêque aux Andelys, un vieil arbre qui était déjà vieux et tout creusé en 1870. Les Prussiens y mirent le feu. Et le vieil arbre vit toujours. — Que direz-vous du vieil arbre catholique ?

(1) Math. XI, 7.

Il y a dix-neuf cents ans qu'il est planté. Depuis 1900 ans, il est assailli par les tempêtes, criblé de pierres par les volcans, ébranlé par les commotions du sol, ébranché à coups de hache par les vandales, tailladé savamment par des vandales plus raffinés et enveloppé d'une robe de feu par d'autres : et le vieil arbre vit toujours. Que dis-je ? il vit ! Il pousse toujours, grâce à Dieu, de vigoureux rejetons. « J'irai voir cette merveille, dirait Moïse, et pourquoi cet arbre brûle sans cependant se consumer (1). »

Mystérieux en tant que rejeton de l'Eglise, le prêtre n'est pas moins mystérieux en lui-même. Car, il est un arbre lui aussi. Le sous-diaconat en a été la fleur, le diaconat la première apparence de fruit ; la première messe en est le premier fruit. Mais, l'origine de cet arbre la connait-on (2)? Le même mystère plane sur ce point que sur les sources du Nil, au temps de Joinville : « On ne sceit d'où cette crue vient fors que de la grâce de Dieu (3) ».

On ne connaît guère davantage ses premiers développements. Ceux là seuls pourraient en dire quelque chose qui en ont été les témoins intimes, ceux qui vous encadrent aujourd'hui, mon cher confrère, l' « Apollon (4) qui a épanché sur vous le flot des grâces (5), le Paul(6) » qui a deviné les premiers tressaillements de votre vocation.

Aussi, serait-ce bien plus à eux qu'à moi de prendre la parole en ce moment, et je regrette presque d'avoir accepté l'honneur que vous me faisiez, — ne pensant qu'au plaisir de vous offrir mes vœux.

(1) Ex. III. 3.
(2) Joan. IX. 29. T. 33. LIII. 8.
(3) Joinville. *Chroniques.*
(4) I. Cor. III. 7.
(5) M. l'abbé Prévost, curé de Romilly-sur-Andelle.
(6) M. le chanoine Lavenant, archiprètre à Pont-Audemer précédemment curé de Romilly.

Au surplus, vous attendez de moi autre chose que des vœux, — sinon des conseils, (je ne suis pas assez âgé pour vous en donner), du moins des indications fraternelles, comme celles de Nisus autrefois à Euryale (1).

Or, la première chose que je vous dirai, mon cher confrère, c'est que désireux comme vous l'êtes d'être un bon arbre et de porter du fruit, vous allez vous heurter à une opposition formidable ;

La seconde, qu'en dépit des obstacles, vous pourrez porter du fruit, beaucoup de fruit, si vous le voulez. Et vous le voudrez.

I. — Les obstacles.

1. — *Autrefois.*

Si vous vous en teniez, mon cher ami, aux jolis portraits de prêtres que Lamartine et Châteaubriand nous ont laissés, vous vous feriez de votre avenir une idée aussi poétique que peu exacte. Les temps sont loin où « les cloches des Rogations se faisant entendre, les villageois quittaient leurs travaux, le vigneron descendait de la colline, le bûcheron sortait de la forêt, les mères fermaient leurs cabanes, arrivaient avec leurs enfants, et les jeunes filles laissaient leurs fuseaux, leurs brebis et leurs fontaines pour assister à la fête » ; où, « à l'entrée de la nuit, pour bien achever un jour si saintement commencé, *les anciens du village venaient converser avec le curé* qui prenait son repas du soir sous les peupliers de sa cour (2).

« Il est un homme dans chaque paroisse, dit de son côté Lamartine (3), qui n'a point de famille, mais qui *est de la*

(1) Virgil. *Æneid,* IX, 356.
(2) Chateaub. *Génie du Christianisme,* IVᵉ Partie L. I.
(2) Lamartine. *Devoirs civils du Curé.*

famille de tout le monde, qu'on appelle comme témoin,
comme conseil et comme agent dans les actes les plus
solennels de la vie civile ; un homme qui est le consola-
teur par état de toutes les misères de l'âme et du corps,
l'intermédiaire obligé de la richesse et de l'indigence, qui
voit le riche et le pauvre frapper tour à tour à sa porte,
le riche pour y verser l'aumône secrète, le pauvre pour
la recevoir sans rougir... un homme enfin qui sait tout
et qui a le droit de tout dire et dont la parole tombe de
haut sur les intelligences et sur les cœurs avec l'autorité
d'une mission divine et l'empire d'une foi toute faite : cet
homme, c'est le curé »

2. — *Aujourd'hui.*

Qui ne voit que plusieurs de ces traits sont de purs ana-
chronismes ? Qui ne sait qu'en dehors de quelques pays,
plus réfléchis et plus fidèles, — Monsieur le curé ne me
démentira pas si j'ajoute que Romilly est du nombre, — le
prêtre est accueilli avec indifférence par beaucoup, consi-
déré comme l'ennemi par plusieurs.

a) *Calomnies.*

Le cléricalisme, voilà l'ennemi. Depuis quelque trente
ans, on n'entend guère d'autre... rengaine. Où cela mène-
t-il ? Qu'est-ce que cela signifie au juste ? Je ne le sais pas.
Par cléricalisme, les uns entendent la religion catholique,
les autres le clergé. Il serait bon de s'expliquer. *N'est-il*
plus permis de parler franchement en France ? Ou
craindrait-on, en dévoilant clairement ses desseins, de
ramener au clergé et à la Religion *tant de braves gens*
qu'on en a éloignés, en les dupant avec des mots ?

b) *Préjugés.*

· Quoi qu'il en soit, mon cher confrère, pour les coryphées de l'impiété, le cléricalisme, ce sera vous ! L'ennemi, ce sera vous !

Ils ne connaitront ni votre pays, ni votre famille, ni vos antécédents. Peu importe. Vous serez prêtre : cela suffira. Vous serez l'ennemi. Vous pourrez mettre un beau talent au service des meilleures intentions, parler avec conviction, agir avec loyauté, vous consacrer corps et âme au service de vos semblables. Peu importe : vous serez prêtre. Non seulement, ils ne viendront pas vous entendre. Ils s'ingénieront à empêcher les autres d'y venir (1), et, en vous tendant des pièges, en dénaturant vos discours, en travestissant vos démarches, à vous perdre dans l'opinion, à vous rendre dès lors impuissant pour le bien.

c) *Vexations.*

Le rejeton de l'Eglise subit le sort de l'Eglise. Lui aussi, il est assailli, frappé, taillade, passé au feu, miné, emmuré. Comment portera-t-il des fruits s'il ne peut pas seulement étendre ses branches ou si la terre sur laquelle il s'élève se dérobe sous lui ?

d) *Peines d'âme.*

Situation effrayante et pleine d'angoisses !
Songez donc, mes frères ! Avoir 25 ans, des grâces plein

(1) Matth., XXIII, 13.

les mains, des sourires plein les yeux, de la bonté plein le
cœur et. — on peut le dire — de la lumière plein l'intelli-
gence, — (on nous accordera bien qu'un prêtre n'a point
passé sur les livres quinze années de sa jeunesse sans
en rapporter quelques connaissances), — et au moment où
il s'attend à répandre dans des cœurs amis le trop plein
du sien, voir ses grâces méprisées, ses sourires suspectés,
sa bonté traitée de mercenaire et sa lumière d'obscuran-
tisme ! Avoir 25 ans, l'âge du zèle et ne rencontrer que de
l'indifférence ! Avoir 25 ans, avoir tout quitté *pour faire
le bien*, avoir passé sa nature entière au creuset, de longues années durant, pour *faire plus de bien*, avoir renoncé
d'avance aux joies les plus douces, les plus séduisantes, les
plus légitimes, pour *mieux faire le bien*, et quand on est
prêt à le faire, s'en trouver empêché soudain, par une
hostilité aussi acharnée qu'incompréhensible !

Peut-on imaginer, je vous le demande, torture d'âme
plus douloureuse ?

e) *Illusions envolées.*

Vous-même, mon cher Ami, je suis sûr qu'en ce moment,
la seule perspective vous en fait frémir.

Ah ! vous pensiez aux âmes que vous aimiez : Pensiez-
vous aux ennemis que vous rencontreriez ? Pouviez-vous
même supposer que vous auriez des ennemis (1) ? — Vous
pensiez au beau calice éclatant où vous tremperiez vos
lèvres en tremblant d'amour :

> Car, c'est un vaste amour qu'au fond de vos calices.
> Vous buvez à pleins cœurs, *prêtres* mystérieux (2) ;

(1) Seigneur, ai-je eu des ennemis ? (Vict. Hugo, *Louis XVII*).
(2) Musset. *L'Enfant du Siècle.*

pensiez-vous à l'autre calice, au calice d'ignominie, qu'il vous faudrait boire jusqu'à la lie, la pâleur au front ? Pouvez-vous boire ce calice (1) ? Si votre nature oppressée s'écrie : Mon Père ! Mon Père ! s'il est possible, que ce calice s'éloigne de moi ! — la grâce qui est en vous est-elle assez forte pour achever : Cependant, Seigneur, que votre volonté soit faite (2) ? Et puisque c'est en la fête de Saint Pierre, le modèle du prêtre martyr, que vous célébrez votre première messe, après avoir fait au Maître les mêmes promesses, avoir reçu de lui les mêmes pouvoirs, êtes-vous disposé à accomplir les mêmes devoirs ? « Lorsque tu étais jeune, disait Jésus à Pierre (3), tu mettais toi-même ta ceinture et tu allais où tu voulais. Maintenant que tu es devenu prêtre, *cum senueris*, un autre te ceindra et te conduira où tu ne voudrais pas ». Etes-vous prêt, comme Pierre à lui dire : Où allez-vous, Seigneur (4) ? et à le suivre où il va : au Calvaire ?

f) *Espoir quand même.*

Oui, vous êtes prêt. Vous ne vous faites point d'illusion sur ce qui vous attend. Vous aviez lu d'abord Châteaubriand. Vous avez consulté depuis un livre plus *moderne*, l'Evangile, et vous y avez rencontré entre autres ces passages :

« Le disciple n'est pas au-dessus du maître. Ils m'ont persécuté, ils vous persécuteront. Ils vous traîneront devant les tribunaux ; ils vous priveront de lieux de réunion ; ils vous haïront à cause de moi. Mais, ayez confiance (5). Bienheureux ceux qui souffrent persécution

(1) Math. XX., 22.
(2) Math. XXVI., 39.
(3) Joan. XXI., 18.
(4) *Quo vadis, Domine ?*
(5) Joan, XV, 28. XVI, 2.33.

pour la justice ! Bienheureux serez-vous lorsqu'ils vous persécuteront et qu'ils diront toutes sortes de calomnies contre vous à cause de moi : votre récompense sera grande dans le ciel (1) ! »

Et poursuivant votre lecture, vous avez vu en Jésus-Christ même, la Vérité condamnée, la Vertu bafouée, la Vie... Mise à mort, ensevelie, scellée dans un tombeau, et le troisième jour en sortant avec un redoublement d'éclat, comme le rayon quand il sort du diamant.

Continuant jusqu'aux Actes des Apôtres et aux Epîtres, vous avez vu les apôtres admonestés, flagellés, parce qu'ils prêchaient Jésus-Christ, et « quittant le sanhédrin tout joyeux d'avoir été jugés dignes de souffrir pour Jésus-Christ. Et le nombre des croyants augmentait de jour en jour (2) ».

Vous avez vu St-Pierre, emprisonné, chargé de chaînes, vous avez vu au souffle de l'Ange, ses chaînes tomber et sa prison s'ouvrir (3).

Vous avez vu St-Paul, dont nous célébrons aussi la fête aujourd'hui, St-Paul, le coopérateur de St-Pierre dans l'apostolat et son compagnon de martyre. Vous avez vu St-Paul enfermé dans Damas (4), lapidé à Lystre (5), couvert de plaies à Philippes (6), laissé pour mort en vingt endroits (7) et se réjouissant de tant de traverses : « C'est parce que je suis faible que je suis fort. La puissance de Dieu aime à éclater dans la faiblesse. Je ne puis rien par

(1) Math. V, 10.11.12.
(2) Act. V. 41. 42. VI. 1.
(3) Act. XIII. 7.
(4) Act. IX. 25.
(5) Act. XIV. 18.
(6) Act. XVI. 23.
(7) II Cor. XI. 23 et req.

moi-même, absolument rien. Je puis tout par Celui qui me fortifie (1) ».

II. — Le devoir présent.

Voilà donc sur quelles traces et avec quelles assurances, vous vous disposez, mon cher Confrère, à aborder votre mission.

. Il n'est que trop vrai. Le vent est à la tempête.

Mais, si Dieu nous soutient qui peut nous ébranler (2) ?

Plus le désordre s'accuse, plus la corruption gagne, plus la société chancelle, plus la persécution fait rage, — et plus par conséquent le cœur saigne, — plus la vérité rayonne sur les hauteurs de l'esprit.

Nous le disions bien qu'à force d'attaquer la religion, la société serait acculée au bord du précipice.

Y est-elle ?...

« Les esprits qui guident la pensée moderne se voient de plus en plus réduits à cette alternative de reconnaître comme nécessaire *la destruction ou la religion et il faudra qu'en des temps peu éloignés l'humanité tout entière reconnaisse la même nécessité et se décide à choisir* (3) ».

Dieu nous en est témoin ! S'il ne fallait que notre vie pour faire comprendre cela à la France, nous la donnerions avec enthousiasme !

Mais, le devoir qui nous incombe, mon cher Confrère, est autrement difficile.

Il s'agit de verser notre sang goutte à goutte, de nous

(1) II Cor. XII. 10.
(2) Racine. Athalie. Act. III. S. VII.
(3) Joannes Jorgensen. *Quinzaine.* 16 octobre 1901.

consumer à petit feu, de nous épuiser en travaux et en sueurs. Il s'agit tout jeunes et ardents que nous soyons de nous appliquer à la patience, à la prudence, à la persévérance. Soyez prudents, comme des serpents, nous dit Jésus-Christ (1). De la patience, répète St-Paul, de la patience et de la science (2). Il s'agit d'être les apôtres de la vérité, alors qu'on nous accuse d'être les rentiers du mensonge. Il s'agit de prier pour ceux qui nous calomnient, de faire du bien à ceux qui nous persécutent, de rendre toujours et partout le bien pour le mal (3) et de vaincre le mal par le bien (4). En un mot, il s'agit de porter du fruit *dans la patience* (5).

Or, le bien que nous devons faire s'appelle : l'Instruction. Nous sommes les prêtres *de la Vérité*. Il s'appelle : l'Amélioration du sort du peuple. Nous sommes les prêtres *de la Bonté*. Il s'appelle : la Vertu et la Grâce. Nous sommes les prêtres de *la Piété*.

Vérité, Bonté, Piété : Trois mots qui résument nos efforts dans le Passé, qui contiennent nos devoirs dans l'Avenir, qui sont le pivot de notre action dans le Présent. — Vérité, Bonté, Piété : trois vertus qui ont en Jésus-Christ leur origine, leur modèle, leur fin, leur récompense. — Vérité, Bonté, Piété : trois trésors dont nous devons la distribution à tous, aux infidèles comme aux fidèles, aux pauvres comme aux riches, aux ignorants aussi bien qu'aux savants (6).

(1) Math. X. 16.
(2) II. Tim. IV. 2.
(3) Math. V. 44.
(4) Rom. XII. 21.
(5) Luc. VIII. 15.
(6) Rom. I. 16.

Il va de soi cependant que nous devons tenir compte dans cette distribution des besoins différents des âmes (1).

1. — Ames pieuses.

Les âmes pieuses, — nous en trouverons partout au moins quelques-unes, — ont droit à nos instructions. — Apprenons-leur la vraie et solide Piété. Montrons-leur le bien qu'elles peuvent faire, si elles se laissent sanctifier par Jésus-Christ. — Accordons-leur le bienfait d'une direction précise et assidue. Organisons-les en confréries de piété et de zèle. Où la vie règne, il faut une organisation. — Distribuons-leur surtout abondamment la grâce. Qu'elles s'approchent des sacrements ! qu'elles puisent sans se lasser aux sources vives de l'Eucharistie !

Elles constitueront bientôt une élite. Elles seront notre consolation et notre espoir. Elles seront le soutien de nos œuvres par leurs prières, leur influence, leur action.

Commençons par elles. Mais, gardons-nous d'en faire l'unique objet de nos soins !

Jésus-Christ n'est pas venu chercher les justes, mais les pêcheurs. « Je suis venu, dit-il, chercher les brebis perdues de la maison d'Israël ». (2) C'était notre rêve d'enfant de le suivre dans ses courses apostoliques. L'heure est venue de vivre notre rêve.

2. — Les impies.

A l'extrême opposé des âmes pieuses, nous rencontrerons les impies, ceux-là mêmes dont j'ai parlé tout à l'heure ;

(1) I Cor. III. 2.
(2) Math. XV. 24.

que la seule vue du prêtre fait tressaillir, qui nous haïssent sans nous connaître, parce que nous représentons à leurs yeux la religion et qu'ils haïssent la religion.

Faudra-t-il que nous allions à ces hommes ? Faudra-t-il que nous leur portions la vérité, la bonté, et la grâce ? Certainement, car ils seront nos paroissiens aussi.

Mais, quelles précautions infinies si nous ne voulons pas « achever les roseaux à demi-brisés ni éteindre la mèche qui fume encore (1) ! »

La grâce ! Nous ne pourrons même point en parler. Ce sera le cas de mettre en pratique cette parole d'un évêque à Ste-Monique : « Parlez-lui peu de Dieu. Parlez beaucoup de lui à Dieu » La bonté ! Dieu nous donnera peut-être l'occasion de leur rendre service (2). Nous en profiterons aussitôt. Nous leur ferons tout le bien que nous pourrons, franchement, cordialement, généreusement, sans chercher à nous en prévaloir. Quand ils verront que nous avons pour eux une amitié sincère, ils seront plus disposés à écouter nos discours, à examiner nos raisons, à accepter la Vérité.

Car, si la grâce est le premier besoin des âmes pieuses, c'est la vérité qui est le premier besoin des impies.

De deux choses l'une : ou ils sont de bonne foi ou ils ne le sont pas.

S'ils sont de bonne foi — et d'un suffisant bon sens, — une discussion calme et sérieuse ne tardera pas à les éclairer ; et l'on a vu des prêtres se faire ainsi des amis de ceux qu'on leur dépeignait comme leurs pires ennemis.

S'ils sont de mauvaise foi, — et nous le constaterons aisément soit aux erreurs évidentes qu'ils commettront et dont ils ne voudront pas convenir, soit aux objections enfantines ou contradictoires qu'ils nous apporteront, soit

(1) Math. XII. 20.
(2) Math. XII. 20.

au parti-pris avec lequel ils refuseront même toute discussion, — dans ce cas, nous nous contenterons de prier Dieu pour eux ; nous attendrons son heure (1).

Nous augmenterons entre temps nos connaissances, aussi bien les scientifiques que les religieuses. Nous nous efforcerons de faire briller d'un tel éclat la lumière de l'Évangile qu'il n'y ait plus à ne pas voir que les aveugles volontaires (2).

Mais, les impies, pas plus que les âmes pieuses ne devront nous prendre tout entiers. *Ce serait beaucoup de leur consacrer la plus grande partie de notre ministère.*

3. — *Le peuple.*

Nous ne sommes pas prêtres, encore une fois, pour telle ou telle partie de notre paroisse. Nous sommes prêtres pour tous. Nous avons l'obligation de nous consacrer davantage à ceux qui sont les plus nombreux. Et ceux qui sont les plus nombreux, ce sont les petites gens, les ouvriers, *le peuple.* Nous irons au peuple !

a). — *Deux objections.*

Ici, se présente une série d'objections dont je ne veux relever que les deux principales.
— Le peuple, dit-on, est indisposé, ameuté contre le prêtre. On a couvert le prêtre de tant d'injures, on l'a

(1) Act. XIII, 46.
(2) Joan. I. 5, Math. V. 15-16.

chargé de tant de crimes, on l'a présenté sous des couleurs si noires, qu'il paraît impossible qu'il redevienne populaire. C'est la muraille infranchissable, dont ses ennemis l'ont emmuré.

Eh ! puisque nous avons comparé le prêtre à un arbre, continuons : que fait un arbre si on l'enferme dans une maçonnerie ? Il pousse en hauteur ! Faisons de même. Elevons-nous de plus en plus vers le ciel. Jamais l'erreur n'atteindra la hauteur de la vérité. Plus haute, parce qu'elle aura été plus assaillie, la vérité n'en étendra que plus loin ses rameaux et les oiseaux du ciel viendront y abriter leurs nids (1).

Et puis, est-il si certain que la muraille qu'on nous oppose soit infranchissable ? De quels matériaux est-elle construite et dans quel appareil ! Que de sable ! que de fissures entre les pierres ! que de blocs aussi mal équilibrés qu'ils sont énormes ! Mettons-y la patience, la douceur et l'énergie voulues, la muraille s'écroulera d'elle-même sous la poussée de l'arbre.

Un jour, Lacordaire discutait contre l'avocat du roi. A un moment, celui-ci hasarda cette accusation banale : Les prêtres sont les ministres d'un souverain étranger. — Monsieur, interrompt Lacordaire : Nous sommes les ministres de quelqu'un qui n'est étranger nulle part. Nous sommes les ministres de Dieu. L'auditoire applaudit et un ouvrier se précipitant les mains tendues s'écria : Mon curé, mon prêtre, comment vous appelez-vous : Vous êtes un brave homme !

Cette anecdote est caractéristique : Elle peint au vif l'homme du peuple. S'il se tient d'abord sur la réserve, ou

(1) Math. XIII, 32.
(2) Cité par Mgr Touchet : *Panégyrique de Lacordaire*. (Mai 1902).

dans une défiance bien compréhensible, — étant donné le beau portrait qu'on lui fait de nous, à peine rencontre-t-il un vrai prêtre qu'il le reconnait pour l'un des siens et se précipite vers lui, les mains tendues. Voilà comment il est l'ennemi du prêtre !

— Mais, ajoute-t-on, l'on est parvenu en beaucoup d'endroits à faire croire que le prêtre est l'ennemi du peuple.
Raison de plus alors pour prouver le contraire.
Le clergé, l'ennemi du peuple! Mais, nous sommes peuple jusque dans les moelles ! Est-ce que nous descendons de la noblesse décidément ou de la haute bourgeoisie?...
La totalité du clergé français ou peu s'en faut est de la classe des prolétaires, si l'on désigne de ce nom ceux qui sont obligés de travailler pour gagner leur vie. Et l'on voudrait qu'il y ait entre le prêtre et l'ouvrier, — par conséquent entre l'enfant et le père, — une haine profonde, irréductible? — Un malentendu passager? peut-être, mais, de la haine ! ce n'est pas vrai. Le prêtre vient du peuple. Il a été bercé aux chants du peuple. Il est tout imprégné du souffle du peuple qu'il a respiré dès son enfance. Il n'a rien tant à cœur que de défendre les intérêts du peuple et de faire triompher ses droits.
Ceux qui essaient de l'en empêcher en le discréditant, en l'entravant, en l'affaiblissant, *ce sont ceux-là les véritables ennemis du peuple.*

b). — *Ut eatis.*

Nous irons au peuple. — Nous ne ressemblerons pas à ces monuments druidiques impassibles et moussus, qui n'ont point dévié d'une ligne depuis des siècles et que chaque année qui passe enterre plus profondément. Nous serons le progrès, nous serons l'action, nous serons

la vie. Parole significative : En même temps qu'il com-
pare ses apôtres à des arbres, J.-C. leur ordonne d'al-
ler de l'avant. Je vous ai placés pour que vous alliez. *Posui
vos ut eatis.* Et de fait, quand un arbre a été miné par les
eaux au point qu'il ne lui reste plus le sol nécessaire à sa
sève, il semble qu'il s'anime d'une vie nouvelle et supé-
rieure, que ses racines s'étendent comme des bras vers la
terre. Bientôt. elles se sont ramifiées, développées, forti-
fiées. Elles ont pris l'allure et la vigueur d'un tronc. L'arbre lui-même gravite maintenant sur elles.

On a tout mis en œuvre pour éloigner le peuple de nous.
Le peuple en souffre. Nous en souffrons aussi. Nous irons
au peuple.

c). — *Qualités que doit avoir notre apostolat.*

Nous irons au peuple joyeusement, simplement, *fami-
lièrement,* comme il convient à des enfants qui vont à la
maison paternelle.

Piété.

Nous irons au peuple *religieusement,* comme il convient à notre caractère de prêtres.

Aussi bien, le peuple n'est pas si éloigné de la religion.
Les soucis de la vie, les fatigues du travail, le mauvais
exemple des uns, les attaques des autres l'ont détourné
sans doute de pratiques essentielles. Il n'en observe pas
moins scrupuleusement d'autres qui sont l'indice certain
de sa foi.

Pourquoi mettrait-il le crucifix à la place d'honneur, à
son foyer, s'il n'avait pas la foi ? Pourquoi y attacherait-

il la branche de buis bénit, s'il n'avait pas la foi ? Pourquoi encadrerait-il soigneusement, conserverait-il pieusement son souvenir de 1ʳᵉ communion s'il n'avait pas la foi ? Pourquoi tiendrait-il à la bénédiction du prêtre pour ses morts s'il n'avait pas la foi ? Pourquoi la demanderait-il pour lui-même ou pour ses enfants, lors des principaux événements de la vie : le baptême, la 1ʳᵉ communion, le mariage, s'il n'avait pas la foi ? On ne me fera jamais croire que l'ouvrier, ami de la simplicité et de la franchise comme il est, s'astreindrait à toutes ces observances s'il les considérait comme des formalités inutiles.

Nous irons donc à lui religieusement, comme il l'attend de nous.

Nous irons à lui, le flambeau de la vérité d'une main, notre cœur dans l'autre.

Vérité.

Le *flambeau de la vérité d'une main.* Car, l'un des principaux obstacles à la grâce au sein du peuple, ce qui empêche la foi d'y atteindre son développement normal, c'est l'amas de préjugés et d'erreurs que les ennemis de la religion y ont accumulés à plaisir.

Réfutons les mensonges, démasquons les sophismes. Présentons la vérité dans tout son jour. Instruisons.

Depuis que Jésus-Christ nous a donné le droit d'enseigner : Allez, enseignez toutes les nations (1), jamais peut-être l'obligation d'en user n'a été plus rigoureuse. Et ce ne sont pas seulement les enfants du peuple, à qui nous enseignerons la vérité, ce sera *tout le peuple* (2). Ce ne

(1) Math. XXVIII, 19.
(2) *Erunt omnes docibilis Dei.*

sont point seulement les vérités religieuses que nous en-
seigneront : ce sera *toute vérité* (1) ; vérité sociale, vérité
philosophique, vérité scientifique : la vérité est Une. —
Et ce ne sera point seulement à l'église que nous enseignerons, ce sera *partout* (2). Voyez J.-C. (3), voyez St Pierre (4)
et St-Paul (5). Voyez le diacre Philippe (6). Voyez St-Tau-
rin, le 1er évêque d'Evreux (7).

Pour faire arriver à nos paroissiens, à tous nos paroissiens, la lumière pure et vivifiante, il n'y a point d'études
que nous ne devions aborder, point de fatigues que nous ne
devions supporter, point de sacrifices que nous ne devions
nous imposer, point de périls que nous ne devions affron-
ter. Nous aurons toujours présent à l'esprit ces paroles de
Saint-Paul : La parole de Dieu n'est pas faite pour être en-
chaînée (8). Malheur à nous si nous ne prêchons pas l'Evangile (9) !

Et peu à peu, les brouillards se déchireront, comme ils
se déchirent sur nos collines au matin d'un beau jour.
Peu à peu, les nuages se dissiperont, les fantômes s'éva-
nouiront les préjugés tomberont. Les gens de bonne foi —
et ils sont légion, — comprendront qu'on les a indigne-
ment trompés. La vérité luira de nouveau sur le front du
peuple et la vérité le délivrera (10).

(1) Jean, XVI, 13.
(2) Rom. I, 8.
(3) Mat. XXVI, 55, XIX, 3.
(4) Act. II, 14.
(5) Act. XVI, 13.
(6) Act. VIII, 29.
(7) *Il per domos.* Prose de St Taurin.
(8) II. Tom. II, 9.
(9) I. Cor. IX, 16.
(10) I. Petr. II. 15 et 16.

Bonté.

J'ai dit que nous porterons au peuple *la vérité d'une main, notre cœur dans l'autre,* notre cœur, c'est à savoir tout le dévouement, toute la bonté, tout l'amour dont nous serons capables.

C'est même notre cœur que nous devrons commencer par donner. « Le premier attrait que Dieu a mis en nous pour gagner les autres, c'est la Bonté (1) ». — A un autre point de vue, Léon XIII enseigne qu' « un minimum de biens temporels est indispensable à l'homme pour pratiquer la vertu (2). » Et il y aurait peut-être là, autant que dans la haine des impies, l'explication de la diminution des pratiques religieuses.

d). — *Nos modèles.*

A nous d'être des prêtres de bonté, non seulement en paroles mais en actes. *Puisons nos inspirations au cœur de Jésus-Christ.* N'a-t-il pas quitté le ciel, lui, pour venir jusqu'à nous ? N'est-il pas entré dans notre milieu ? Ne s'est-il pas fait ouvrier ? N'a-t-il pas pris sur lui toutes nos infirmités ? Et, alors qu'il était Dieu, a-t-il dédaigné de passer pour un esclave !

Pour nous maintenir dans cette voie divinement tracée, les hautes directions ne nous manquent pas. Les grands exemples non plus.

S'agit-il de charité ? c'est Saint-Vincent-de-Paul. Nous

(1) Bossuet.
(2) Léon XIII. Encycl. *Rerum novarum.*

avons été à l'école de ses fils. « Il faut le voir, dit Maury, toujours inaltérable dans la sérénité de son heureux naturel, ne se *refusant à aucune bonne œuvre*, constamment patient à supporter les infortunés, ce qui est souvent plus difficile et plus méritoire que de les secourir, et sans cesse excité par sa belle âme et son excellent cœur à rendre à ses semblables, *avec amour*, tous les genres de services ».

Retenons bien ce mot : *avec amour.*

L'amour accomplit des prodiges.

Le P. Mathiew, curé de Cork en Irlande, gémissait depuis de longues années sur le fléau de l'ivrognerie qui désolait son peuple. Malheureusement, toutes ses exhortations restaient sans effet. Et quand il demandait à tel ou tel de ses amis pourquoi il ne se modérait pas, celui-ci lui répondait : « Nous ne pouvons pas. C'est plus fort que nous. Une fois le premier verre bu, il faut suivre ».Le P. Mathiew résolut de couper le mal par la racine. *L'abstinence complète de boissons alcooliques lui sembla la seule chance de salut* : « Allons, dit-il. Avec l'aide de Dieu ! *Here goes, in the name of God*! » Et il signa le premier engagement de Tempérance. L'exemple fut contagieux. Des centaines, des milliers d'engagements furent pris, à Cork et dans tout le pays. Et l'Irlande sortit de l'opprobre. — Le P. Mathiew aurait-il pu accomplir une pareille transformation s'il n'eût pas été aimé !

— S'agit-il de *justice sociale* ? Nous avons à notre tête Saint-François d'Assises, le Bienheureux Bernardin de Feltre, Saint-François Régis, Saint-Pierre Fournier, — François d'Assises organisant les riches en sociétés de pauvres volontaires, Bernardin de Feltre tonnant contre la rapacité des usuriers et fondant les premières banques populaires, François Régis fournissant un métier aux filles du Velay et du Vivarais, Pierre Fournier instituant pour ses paroissiens pauvres de Mattaincourt une véritable caisse d'assurance mutuelle sous le nom de *Bourse de Saint-Evre.*

Nous avons plus près de nous tant d'évêques et de prêtres qui se sont dépensés et continuent à se dépenser sans
compter pour le bien des classes populaires, les uns comme
les Manning, les Gibbons, prévenant ou dénouant pacifique-
ment les conflits les plus menaçants, les autres quand les
conflits éclatent malgré tout, courant offrir leur poitrine
aux balles. Qu'on se rappelle le curé de Fourmies, il y a
quelques années ! Qu'on se rappelle Mgr Affre succombant
sur les barricades en suppliant que son sang soit le dernier
versé. « Le Bon Pasteur donne sa vie pour ses brebis » (1).

Nous avons plus près de nous encore ces apôtres de l'ouvrier, ces missionnaires du travail, qui surgissent de toutes
parts et fondent les œuvres les plus fécondes, les plus
variées : Caisses d'assurances, caisses de retraite, caisses
dotales, banques populaires, jardins ouvriers, secrétariats
du peuple et mille autres. — Enfin, au-dessus de tous et
donnant l'impulsion à tous, le grand pape Léon XIII, le pape
de la Démocratie. Qu'on relise ses Encycliques ! Qu'on
jette un regard sur le vaste et magnifique ensemble des
œuvres qu'elles ont déjà suscitées : et ce n'est que le com-
mencement.

Tels sont, à n'en pas douter, nos modèles et nos guides.
Telle est, mon cher Confrère, la voie qui s'ouvre devant
vous : les Œuvres (2). Vous ne pourrez évidemment les
adopter toutes : vous y seriez submergé. Vous aurez à choisir celles qui conviendront le mieux au milieu où vous
placera la Providence.

Mais, quelque emploi que vous remplissiez, quelque
œuvre que vous choisissiez, aimez, aimez, aimez ! Aimez
de l'amour dont Jésus aime. Si vous aimez, on vous aimera,
si on vous aime, on vous suivra et Dieu fera le reste.

(1) Joan. X. II.
(2) *In omni opere bono fructificantes.* Col. I, 10.

Et maintenant, mon cher Ami, permettez-moi de vous offrir mon vœu le plus sincère et le plus ardent qu'il en soit ainsi.

J'aurais pu vous comparer à un saint que vous aimez bien, à Saint-Georges, le patron de cette paroisse. J'aurais pu vous dire :

« Au nom de Dieu et de Saint Georges, vous avez été fait chevalier. Allez ! Allez à la conquête du Saint Graal ! Allez au redressement des torts ! Allez au secours des souffrances ! Allez à la défense des opprimés ! que si vous rencontrez sur votre route cette femme, cette mère désolée, dont parle Saint Jean (1), que le dragon poursuit voulant dévorer son fils, — comme Saint Georges, terrassez le dragon et sauvez ses victimes » !

J'ai préféré toutefois vous comparer à l'arbre. C'est la comparaison choisie par Jésus-Christ. Aucune autre n'indique mieux la sérénité, le calme, la douceur, la profondeur de l'action sacerdotale.

Etablissez-vous donc en Israël, mon cher ami : habitez la maison de Jacob. Projetez vos racines au milieu du peuple élu (2). Soyez l'arbre du Paradis, toujours verdoyant, au bord des fontaines jaillissantes (3). Soyez le palmier de Cadès ! Soyez le rosier de Jéricho ! Soyez le cyprès sur le mont Sion ! Croissez et multipliez comme le cèdre du Liban ! Etendez en tous sens vos branches hospitalière comme le bel olivier des campagnes. Et puissiez-vous ployer comme lui sous l'abondance des fruits lorsque le Maître viendra (4).

Ainsi soit-il !

(1) Apoc. XII, 4.
(2) Eccli. XXIV, 13 et suiv.
(3) Ps. 1.
(4) Math. XXI, 19, 41.

Mayenne, Imprimerie de la *Justice sociale*, Ch. Colin.

www.ingramcontent.com/pod-product-compliance
Lightning Source LLC
Chambersburg PA
CBHW061621180626
46818CB00005B/2179